KB034201

그때 그날들에게

최정옥

· 이리여자고등학교 졸업

· 원광대학교미술교육과 졸업

· 〈문학미디어〉 시 부문 등단

· 문화센터 수채화 강사 역임

· 〈책읽는 엄마들〉 회원

· 저서 : 시화집 《그때 그날들에게》

· E-mail : jO24061430@daum.net

· 표지화 및 내지그림 : 작가 최정옥

그때 그날들에게

최정옥 시화집

| 서문 |

모든 만남에는 향기가 있다.
공간과 시간이 갖는 향기는 더 특별하다.
만남을 더 소중히 기억되도록 해주기 때문이다.

한 편의 '시'를 만나고
누군가와 공감의 언어로 이야기할 수 있다면
삶은 기쁨의 언어로 가득 차리라.

우리 모두 삶을 켜는 현의 음은 다르지만
나름의 음을 갖고 있듯이

사물들이 말을 걸고
아름다움의 등불을 켜 줄 때
내 안에 울리는 소리와 향기를 모았다.
서로를 향해 공명하고
같이 호흡하고
느끼길 바라면서.

도움을 주신 정숙향 님과 최현옥 님께 감사드리며 사랑하는 가족 그리고 늘 힘이 되신 주님께 감사드립니다.

덕소에서
최정옥

차례

2부_ 삶

3부_ 나의 아름다운 정원

4부_ 삶의 증명

5부_ 나 가는 날

6부_ 지면 위에서

내 풍경 속에서 바람이 불고 폭우가 몰아치고 …

1부
산다는 것은

2018 정옥

자유

하얀 지면 위에서
너의 꿈을 본다

한 줄도
그릴 수 없는
내 마음을 본다

하얀 자유 위에서
무채색의
자유로움

나는 꿈꾸고
지우고
나의
욕망 앞에 갇힌
자유를 본다

푸른 빛

마를 길 없는
애달픈 마음
한 자락
떼어다가
저만치
햇볕에 널어본다

마를 대로 마른
메마른 마음을
다시금 매만지며
지나간 시간의
슬픔을 털어낸다

찬란함 속에
온몸을 담그고
말갛게 씻긴
가슴 한 조각
푸른 하늘 빛

조금 떼어다가
가슴에 대어본다

푸름으로 맑음으로
물든 하늘가
저무는 시간
사이로
슬픔이 지나간다

꽃이 핀다는 것은

꽃이 핀다는 것은
힘들게 지나온
시간의
마무리인가 보다

꽃이 핀다는 것은
지나온 시간의
화해인가 보다

뜨거운 태양과
비바람에
웃어주는
미소인가 보다

꽃이 핀다는 것은
꽃 속에 숨겨진
아픈 빛깔의
향기인가 보다

애벌레가
나비가 되듯
긴 목마름으로
여름날 빗줄기 기다리듯

꽃이 핀다는 것은
또 하나의
출구인가 보다

세상을 향해
웃어주고
제 속살을 태워
향기를
드러내는 것

꽃이 핀다는 것은
오랜 기다림의
답장이며
지금의 모습을
주장하지 않는

영원을 향한
몸짓

2013 크리스마스로즈

산다는 것

산다는 것은
지금 이 순간
내 마음 속에
풀 한 포기 심는 일이다

내 풍경 속에서
바람이 불고
폭우가 몰아치고
잔가지가 꺾이어가며
어여쁜 꽃 한 송이
피워내는 일이다

한낮의 뜨거운
태양을 묵묵히 견디어
견고한 역사를 기록한

씨앗을
만들어내는 일이다

매서운 눈보라
심장이 멎을 듯하여도
그 안에 오롯이
생명의 찬연함을
기록하는 일이다

때때로

한 자루의 연필이
얼마나 고마운지
백지의 외로움을
그는 안다

여백의 자유로움을
그는 안다

쓸 수 있다는 것은
지울 수 있다는 것

지울 수 있다는 것은
마음을
내려놓을 수 있다는 것

삶의 희로애락이
백지 위에서
춤을 추는 걸
그는 알고 있다

2014 미니 카틀레아
정옥

엄마 생각

의식 없는
엄마 생각에
사각의 공간
감정만이
물결칩니다

힘든 시간
홀로 넘는
엄마 생각에
밥숟갈 들기가
부끄러워집니다

평안히
가시길 기도하면서
가슴 깊이 솟구치는
슬픔의 물결이
온 맘을 물들여

공간에
스미는 시간

면회도 안 되는
코로나의 시간
홀로 넘는
엄마의 시간
숱한 감정들과
마주한 시간

바람 부는 날

숲이 운다
그 누구에게
향한 몸짓도 아닌
제 설움에 운다
온몸은 뒤틀려
통곡하지만
잔가지만 꺾이어갈 뿐
산은
꿈쩍도 않는다

숲이 눕는다
하늘을 향해
두 팔을 벌리고
바람보다 더
세차게 호흡하며
신열을 토해낸다

살아 있음의
몸부림이
제 몸을 저리게 하고
온 산을
푸르게 물들인다

봄 그림자

더디 오는
봄볕에
하오의 따사로움
길게 드리우고
슬픔처럼
서 있는
나무 그림자

제모습
바라보며
고요 속에
몸을 담근다

잡을 수 없는
시간들이
바람결에 흩어지고
봄이 오나 싶더니

온 숲이
꽃으로 물들었다

초록의
거친 숨결이
대지를 감싸고
마음 언저리를
태우던 슬픔이
봄볕에 녹아든다

태양과
마주한 시간들이
내 안에 파고들어
온 몸과 맘을
붉게
물들여 버렸다

어둠 속에서 I

중첩되는
어둠이
무겁게 짓누르는 밤

포개어진 두 손은
영원을 향해
나아간다

눈물이
떨구어지고
푸른 어둠 속
별빛이 반짝인다

쉬이 오지 않는
새벽을
달리는 내 마음
산기슭
어딘가를 헤매고

알 수 없는
언어들로
속살대던 밤

내 마음에
울려 퍼지는
새벽 종소리

정오의 밝음처럼
내 안에
밀려오는 푸르름

겨울 산길

무심한 마음으로
오른
겨울산 비탈에
호젓이
나무 그림자들이
외로움을 달래고 있다

내 안에
외로움도
하나, 둘
등불이 켜지고
언어의 파편들이
내 마음을 찔렀다

하늘빛
고운 놀이
어깨를 감싸고
나는
출구 없는 도시를
떠나야 한다

고즈넉한
숲길에
내 언어들이
길을 걷는다
빛과
어둠의
얼굴 너머로

춤을 추듯
흔들리는
언어의 조각들
봄볕에
녹아드는
꽃향기처럼

2014 붓들레아
김옥

장마

밤새
덜컹대는 바람소리
빗방울이
후두둑
창을 두드린다

젖은 도로 위
불빛 흔들리고
폭우 속에
녹아드는
슬픔의 노래

태양은
정점을 향해
날아오르고

한낮의 열기는
비를 몰고 와

셀 수 없는 날들
내릴 것 같은데

어둠 속에
빛나는
현악 4중주

꿈결처럼
다가오는
따스함 속에
설레어
잠 못 이루고

폭우 속에도
젖지 않는
한 줄기 기도

시간의 무게

곱디고운
색들이
무너지고

순식간
내린 폭우에
여린 잎들을
떨구었습니다

하루해가
다 가기도 전에

폭우와
태양과
바람이
지나갔습니다

당신을
처음
만나던 날처럼

오늘도
무심히
바람이 불고
폭우가
내리고
찌는 듯한
태양이
열기를 몰아와

숨 가쁘게
달려온
시간의 무게를
저울질합니다

2016 극락조
강옥一

비

똑 똑 똑…
개수대의 소리마저 정겨운 날

하늘이 어둠에 묻히어갈 때
비릿한 물 내음
어느 바람 속에 맺힌
꽃향기처럼

너를 그리워하던 때가
언제일까
습기 찬 폭우가
한차례 내 마음을
훑으며 지나간다

바람난 가시나
그리움처럼
너를 향해 달리는
내 발자국

기도

지금
내 마음은
정오의 한낮
고요함 속
살며시 드리운
산기슭 그림자처럼
당신의 향기가
스며듭니다

모든 것이
한 순간을 지나고
스러지는 것을
당신은
영원을 보여주시고
그 영원 속에
머무르게 합니다

태양도
한낮의 정점에서
기울고
서늘한 바람 불고
푸른 하늘빛으로
고요해져도

당신의
향기
내 안에서
샘솟아
피어납니다

등고선

끊어진 철자
고음과 저음

등고선처럼
삶을 오간다

의식과
감정 사이에
작은 푯대 하나

삶의 지평선엔
그림자도 없다

2016 시계꽃

어느새 바람은 가고 난 새벽처럼 …

2부
삶

2009

아파하지 마라

아파하지 마라
바람이 다가서도
폭우가 몰아쳐도
아파하지 마라
삶의 이유는
찬란한
꽃향기 피워내는 일

시름에 겨운 시간
떠나 보내고

향기 가득
내 안에서
폭우 속에도
천둥 속에도
지워지지 않으니
아파하지 마라

봄 편지

흰 매화가
인사하는 첫봄

여기저기
노오란 산수유가
환한 미소를 짓습니다

개나리와 진달래가
꿈꾸는 동산을 만들더니
이내
화사한 벚꽃이
온 밤을
환하게 밝혔습니다

귀룽나무 여린
가지 끝
하얗게 핀

꽃떨기가
수줍게 웃으며

숨 가쁘게 달려온
쪽동백 향기가
온 산을
하얗게
물들였습니다

삶

삶이 벽으로 다가올 때
벽인 줄 알면서
밀어봅니다

밀다보면 문이 열리고
문 너머에
오솔길도 보입니다

삶이 차가운
바람으로 몰아칠 때
온몸으로 바람을 맞으면

내가 바람이 되고
바람이
내가 되어 버립니다

어느새
바람은 가고
난 새벽처럼
맑은 고요 속에
당신과
마주하고 있습니다

그날

눈이 부시게
아름답던 날

아버지를 보내고
고운 옷 태워
하늘가로
보내던 날

울지 않으리라
맘먹던
아픔이
새록새록 돋아나
내 맘속에
피어나는 날

친구가
떠나간 날
잿빛 하늘
울음을 토해내고

말갛게 씻은
산 그림자
내 앞에
우뚝 서 있다

그대
가는 길
외롭지 않게

초록빛 물결
가슴에 피고

영혼의 꿈길
평안하여라

잠자는 돌

텅 빈
겨울 산
바람이 지나고
햇살 흔들리며

메마른 풍경
신의 숨결
녹아들고

잠자는 돌들
사이
꿈꾸는 생명

메마름으로
단장한
아름다움이여

가지에 걸리는
바람소리

2014 용담초
정옥

어머니

붉은 이슬이
가슴 가득
맺혀지는 시간

당신의 눈빛
볼 수 없어

엄마라는
이름으로
살아온 시간의
아픔들을
가만히
보듬이 안아줍니다

온기가
남아있는
부푼 손가락 사이로

웃고 울었던
시간들이 지나갑니다

엄마!
불러보는
소리마다
알알이 터지는
아픔

슬픔이
강물 되어
당신께 흘러갑니다

종소리

언제부터였을까
종소리가
들리지 않아

해질녘
평화를 말하는
몸짓들이
사라져간다

웨스트민스트 사원 앞
풀밭에 앉아
무심히 들려오던
종소리

내 가슴에
울려
이국땅에서
존재의
평화를 가져본다

시간의 무게도
사라지고
상징의 푯대도
사라지고

가볍고
빠르게 흘러가는
시간 속에서
그대의 얼굴
나의 얼굴
마주할
시간이 없다

바다로 가자

바다로 가자
바다로 가자
제 속살
깎이고 깎여가는
실바람
바다로 가자

서러움도 묻고
외로움도
흘려보내고

고운 단풍
벗 삼아
강물 위 떠올라
바다로 가자

붉은 설움을
씻어 줄
바다로 가자

2014 카틀레아
강옥

시간의 속도

한순간 짧은 필름처럼
네 모습 기억하며

빛바랜 그림처럼
흐릿해지고

갈망했던 순간의
기억마저
희미해진다

머물지 못한
모든 순간들
빠르게 흘러
함몰된다

내 안으로부터
함께하였음을
발걸음만 인식하고

그대
눈물 보지 못했음을

되돌아 갈 수 없는
시간 속
그댈 향한
그리움

소망

내 입술과
내 말이
죄짓지 않기를

내 생각과
판단이
아프게 하지 않기를

사랑으로
어루고
어루어
곱게 빚어 가야지

길가에 버려진
아픔들을
가만히
보듬어야지

찢겨진
시간들을
다듬어가며

남아있는 시간들이
아름답기를
사랑의 빛으로
물들어가길

그대

그대
두 눈에
눈물이 고일 때

반짝이던
별들이 떨어지고

따스한 둥지는
빗물에
젖어들고

소리 없는
눈물 너머
아련한 그대
외로워 말아요

먼 길 떠날 때
삶은
아름다웠다고

말해 주세요

연극처럼
다가온 오늘이
슬픔에
젖어드네요

모질던
언어들이 툭 툭
낙엽처럼 떨어지고

닫혔던 감정들이
바람결에 파르르
떨립니다

당신의 모습 속에
우리의 모습
아픔으로 다가와
제살을 파고듭니다

익명의 얼굴들

웅성거림이
사라지고
사각의 공간
꼭꼭 닫히어

익명의
얼굴들
하나 둘 다가서도

누군지 몰라
이야기가 사라진 마을
언어가
시리진 동네

등 돌린
모습마다
외로운 그림자 하나
낯모르게
떠도는 시간들

2011 봄꽃

출구

갇히고
닫혀진
삶 속

폭우가
내리고
몇 날이고
쏟아져
강물을 이루더니

태풍에
버티지 못하고
끝내
쓰러지고 부러지는
나무들

삶의 시간도
조금씩

희미해져가고

얼굴 없는
모습으로
스쳐 지내고

가리워진
모습으로
이름을 불러가며

감추어진
욕망의 흔적
털어내며

시간 속에서
또 다른 시간이
열리길 소망한다

여름

여름의 끝자락
더위에 지친
나무, 꽃, 바람, 나

장바구니 가득
무화과 애호박
돼지고기를 샀다

아프리카
돼지열병으로
가격 내린
돼지고기 한 근

고추장에
볶아 저녁상
올릴 생각에
뿌듯한데

코로나에 돼지열병

끝없는
세균의 전쟁
갑자기
날아든 태풍 소식

태풍은
오지도 않았는데
가까운 도로에
커다란 싱크홀

우리의 견고한
세상이
부는 바람결에
있었다

저녁에
돼지볶음 해먹고
편안히 자야겠다

침묵이 흘러도

눈부시게 빛나는 햇살과 당신의 무지개가 …

3부

나의 아름다운 정원

You I

내 눈에 고인
눈물이

당신을 향한
갈망이기를

가슴 속 언저리가
당신을 향한
외침이기를

닿을 길 없는
시간의 길 어딘가
당신과 함께 하기를

당신을 향한
사랑
멈추지 않길

2020 봄

삶의 서러움은
조각조각 흩어지고

어린아이
순진한 눈빛처럼

맑은 하늘이
숲가에 내려앉아
초록 물결
흩어 놓는다

저린 맘
가다듬고
말끄러미
바라 본 시간

푸른 물결 가득한 산
언제
봄이 오고 갔는지

신열을 앓듯
봄은 내 가슴 속에

뜨거운
피 한 방울 떨구고

꽃향기 가득
그리움만
남기고 간다

2015 리시안
정 옥

나의 아름다운 정원

나의
아름다운 정원에
오늘도
햇살 가득 웃음을 주고
울음을 주고
눈물이 녹아
감사로 흐르게 하는
당신의 사랑에
아름다운 향기로
다가섭니다

맑은 향기로만
투명한 햇살로만
그림자 들이지 않고
빛으로만
빛으로만
서고 싶다는 투정이
얼마나 어리석은지

오늘도
나의 정원에
비가 내리고
눈보라
침묵이 흘러도
눈부시게 빛나는 햇살과
당신의 무지개가

당신의 사랑이
서 있습니다

2011 붓꽃
정옥

멈추어진 시간

눈을 뜰 수 없는 시간
입이 봉인된 시간
사지가 철책에
묶여진 시간

설움도 지나고
슬픔도 지나고
그대 마주한 시간

멀어져 가는 그댈
놓아 보내며

그대 가는 길
외롭지 않길
아프지 않길

마음 속 울음은
끊이지 않아

붉게 물든 노을처럼
애타는 마음

그대 가는 길
아름답기를

그대 가는 길
평안하기를

친구

노오란
나팔 수선화가
고개 숙이며
피었다

봄소식을
전해준
친구의 편지 속

노오란 빛깔은
산수유 속에
개나리 속에
수줍은 수선화 속에도

노오란 물결
파도를 이루고

환한 웃음 속
밝은 빛으로

널 부르고 싶다

찬란한
봄
봄꽃놀이
내 그리움
그 젊은 날의 이야기

슬픔의 옷

푸른 하늘
흰 구름에
두려움을 떠나보낸다

오지 않을 것 같은
봄은 오고

가슴 한 자리
외로운 별들이 무수히
쏟아지고

외로움이 짙어갈 때
본향을 생각한다

무언의
몸짓들이 춤을 추고
제 한 몸 추스르기에
바빴던 시간

둘러보니
모두가
슬픔의 옷 입고 있다

익산역에서

비에 젖은
철로를 뒤로하고

익산역 표지에
스며드는
서러움을 달래려

한 잔의 커피를
마시며
축축해진 마음
다독여본다

며칠을
헤매이는
마음이었던가

의식 없는
엄마 생각에

황량한
바람이 불고

여름 장마가
무색하리만큼

내 안에
내리는 비를
막을 길 없다

무제

먹구름이 낮게
아주 낮게
내려앉아

온종일
울 것 같은
얼굴을 하고 있다

한낮이 지나고
어둠이 내리고서야
번개치며
무섭게
쏟아지기 시작한다

고독과
그리움이
사무치는 밤

애써

지우려 해도

가슴 깊이

차오르는

불덩이 하나

어둠 속에

활활 타올라

너와

나를

비추는 밤

백일홍

여름 장대비에
나무들이
꺾이고

산들이 무너져
내리고
집들이
부서진 사이

백일홍은
꿈쩍 않고
한들한들

빨강, 노랑, 주황
색색깔로
피었습니다

가녀린 허리
바람에 휘청대며

예쁘게
피었습니다

여름이
지나간 자리
아픔을
다독이며

피어난
꽃향기가
지난 시간을
마주합니다

오후 3시

정적이
숲언저리에
그림자를
춤추게 한다

외로움을 내려놓고
슬픔도
던져 버리고
춤을 추라
그림자 위를

꽃향기
살며시 다가오고
이름 모를
산새의
지저귐도 들리네

그대
춤을 추라

슬픔의
편지 위에
기쁨의
미소로

잠깐
꿈속의 유희처럼

그대
춤을 추라

시험 보는 날

수험생 아들 녀석
수능 보는 날

맘 언저리가
새벽부터 바쁘다

행여 늦을세라
따뜻한 밥
지어 먹이며

한줌 햇살되어
따스히 스며들길
언마음 녹이며
씨름하는 아들 녀석
어깨위를
가만히
보듬어 안는다

애타는 맘
붉게 물들어 갈 때

야속한 시간 속에
하루해가 저물어간다

사랑한다는 것

사랑한다는 것은
나를 보기보다는
너를 바라보는 것

사랑한다는 것은
내 기쁨보다
너의 기쁨에 더 기뻐하는 것

사랑한다는 것은
네가 있기에
내가 의미가 되는 것

너를 사랑한다는 것은
우리를 사랑하는 것
우주를 사랑하는 것

2015 아네모네

어둠 속에서 Ⅱ

움직임 없는
기다림 속에
애타는 맘
온 밤을 새운다

푸른 여명 속
살아나는
생명의 기쁨

움직이지 않는
움직일 수 없는
묶인 마음들이
하나
둘
열려지고

햇빛과 결합되어
한 방울 이슬처럼
빛나는
순간의 향연

빛은
또 다른 빛을
잉태하고
어둠속에서
가장 밝은
빛을
바라본다

여기저기 얼룩지고 낡고

삭아 무너져 내릴 것만 같은걸…

4부

삶의 증명

2016 카틀레아

그해 여름

몇 날이고
그칠 것 같지 않던
장대 같은
빗줄기가 그치고

찌는 듯이
타오르는 태양이
마지막 남은
햇살을 떨구어
과실과 벼이삭
익어가는 계절

서로의
안부를 묻고
점점 잊혀져가는
공간과
시간 속에서

속절없이 태양만
뜨겁게
등줄기에
내리쬔다

어머니를 보내고
더는
남아 있을 것 같지 않는
눈물이 남아
내 삶의 언저리를
맴돌아

닫힌 공간
하나
하나의
불빛을 바라보며

너의 마음에도
나의 마음에도
평화가 깃들길

피고 지는
생명처럼
다가오는
계절을 기다리며

잊혀진
꿈들을
잇대어 본다

노을은
붉게 타오르고
우주 안에 홀로 남은
너와 나

삶의 증명

세상은
나에게
삶을
증명해 보이라고 한다

그러나
삶은
매순간 어울려지는
씨실과 날실 같은 것

여기저기
얼룩지고
낡고
삭아 무너져
내릴 것만 같은걸

그럼에도
멈추지 않고 짜나가는
베틀의 천과 같은걸

도처에
죽음이 웅크리고
끝없이
생명이 탄생되는 걸

삶을
어떻게
증명해 보이라는 것인가

여기

이곳에
삶과 죽음이
한 페이지 위에
눕고 자라는 걸

숲

그곳에 풍랑 불고
비바람 치며
뜨거운 태양
흩날린다

깊어진 시간 속에
붉게 익어
애타는 마음
한 떨기 꽃으로 피어나
온 산
붉게 물들인다

떨군 잎새 위
빈가지 드리운
태양마다
다가올 시간을
맞이하며

그 숲
그 나무
그 바람결
흔들리며
오늘 살아간다

사이

꽃들이
지친 자리는
스산하기만 합니다

간밤에
폭우가 놓고 간
계절의 끝자락

봄의
꽃향기를 접어
가만히
가슴에 심어봅니다

시들어진
잎들이
꽃향기
잃지 않도록

침묵의 시간을
통과할
고요한 미명에

아름다운
빛으로
드러나길 기대하면서

흩어진
향기 품어
어둠의 시간을
통과합니다

속초에서

구름 한 점 없는
잿빛 하늘
여린 잔가지
바람에 흔들린다

연초록 그림자
물빛 가득 차오르고
소리 없는
흔들림
봄이 오는 소리

비릿한 바다 내음 끝
갈매기들
떼 지어 앉고
어둠을 헤치고
만선을 향한 발걸음

물살 가르며
푸른 빛 가득
봄을 몰고 오는데
설레는 맘
물빛에 녹아들고

하나
둘
부서지는 파도의 속삭임
내 맘에
일렁이는
봄 그림자

가을이 저무는 시간

아주 잠깐 사이
붉음이 흩어졌다
길 위에 낙엽이
융단처럼 드리웠고
삶을 다한 모습은
평화롭기만 하다

그 누군가에게
봄의 첫입맞춤으로
인사했을
찬란한 빛깔도
지쳐버린 쓸쓸함이
짙게 배인 거리

대기 속으로
함몰 되는 시간
소리 없는 몸짓으로
안녕을 고하고
찬바람에
소슬한 마음

어느 항구에
닻을 내릴까
물길 한 자락 따라
어느 돌 틈 사이
안기어
녹아들려나

더 이상
슬픔을 노래하지 않으리
삶을
이야기하지 않으리

가만히
응시하리라
다가올
시간을 바라보며

2008 도라지

버스에서

슬픔과
공허로운
마음을 안고
1660번 빨간 시외버스에
몸을 실었다

낯익은 풍경들이 멀어져가고
타인의 눈에 닿은
내 모습 속에서

철판처럼 두꺼워진
얼굴에도
여전히 눈물은 고이는데

껍질뿐인 의식 속에서
맑게
빛나는 영혼

죽음은 저만치서
손짓하고
나는
아직 희망의 노래를
부른다
바뀌지 않는
시간들을 향하여

스러지는 것

메마른 산에
칼바람이 분다

얼어붙은
낙엽이 뒹굴고

모든 스러지는 것에
애도하는 마음으로
산길을 걷는다

생명은 왔던 곳으로
되돌아가고

혹한의 겨울
스러지는 것이
어디 나뭇잎뿐이었을까

풀 한 포기
작은 이슬방울
이름 모를
새들과 벌레들
동물들의 발자국들
그 누군가의 흔적들

이 땅에 비단
그것뿐이었을까

바람이 지나고
태양이 머물고
서럽던
시간이 지나간다

상한 가지

텅 빈 숲속
차가운 바람 끝
잔가지가 부르르 떤다

찢겨진 가지 끝에
시선이 닿는다

그 아픔
끌어안아 주고파
말없이
시선만 건넨다

찢겨진 가지에도
가녀린
생명이 흐르고

봄이 오면
움이 틀까
안쓰런 맘

바람이 돌고
태양이 닿아
촉촉한 이슬 젖어
새롭게 움터나길

죽은 가지
끝에도
봄이 오길 소망한다

너의 마음에도
메마른
내 마음에도

죽어버릴 것 같은
그대의
마음에도

봄의 소리
생명의 소리가
꿈틀대길

생명은
우리의 생각 너머에서
오기에

2009 양귀비
정옥

기다림

봄을 기다리는
산은
잔가지의 꺾임을
아파하지 않는다

여름을 사랑하는
산은
뜨거운 태양을 묵묵히
이겨낼 줄 안다

가을을 품을 줄 아는
산은
폭우와 시린 바람에
당당히
맞설 줄 안다

겨울의 진실을 아는
산은
다 벗기워진 삶을
두려워하지 않는다

또다시
봄은 오고
산은
모든 것을 안다

쨍한 날씨가 좋은 겨울날

희긋 희긋
녹다만 눈들이
지천에 널려 있고

응달 녘엔
아직도 소복한
눈들이 남아
뽀드득 뽀드득
소리를 내는 겨울길

쨍한 햇살과
냉기가 한데
어우러져
눈이 부신 날

뜨거운 대중목욕탕에
들어가 몸을 풀고

산이 내려다
보이는
찻집에 앉아
오지 않을
너를 생각한다

봄을 기다리기에
이른
눈부시게
화창한
추운 겨울날

혼자만의 시간

마음의
눈으로 보고
마음의
귀로
생각해야 하는 시간

닫혀진
창문을 밀치며
마음속 그려지는
풍경을 본다

잘 보이지 않아
마음의 눈으로만
보아야 하는 시간

잘 들리지 않아
마음의 귀로
가만히
귀 기울여야 하는 시간

중년의
삐걱거림
홀로 넘는
고즈넉한 시간

아무도
들일 수 없는
혼자만의 시간

빗속에서

온종일 내리는 비
습기 찬 공기가
온 대지에 적셔
쉬 가셔지지 않는다

이른 새벽부터
내리는 빗소리에
조용히
내 마음
가다듬어 본다

잊혀진 시간들을
떠올리며
쓸쓸한 불빛은
빗물에 반사되고

영혼의 소리는
온 시간을
서러움으로 물들어 버린다

시야가 흐릿해져
내가 우는지
내 마음이 우는지
안개 속에서 헤매이며
흐릿해져가는
빗소리에
잿빛 하늘을 올려다본다

눈이 부신 날

골짜기에 내린
폭우는
더 깊은 골을 만들고
견고한
나무뿌리도
꺾이어가고

여름은
무심한 듯
생명에 발길질해 댄다

폭우는
많은 생채기를 내며
건널 수 없는
강을
만들어 버리고

꼭꼭 닫힌
빗장 너머

내 사랑이 흔들릴 즈음

울고픈
마음 가득

파아란 하늘가
햇빛에 출렁이는
보랏빛 거리

차오르는 눈물
쓸어내리고

울지 않으리라
오늘은
살아내리라

눈이 부시게
아름다운 날

다 여물지 않았어도
꽃을 품어 줄 씨앗 하나 떨구고 갔으면 좋겠다 …

5부

나 가는 날

2010 단비 백합

첫봄

겨우내
말라버린 듯한
가지 사이로

붉고 조그마한
잎들이 모습을 드러낸다

너무나
앙상해
버릴까 생각했는데

아픔이
너무 컸나

진홍 빛깔이
핏빛보다
더 붉다

사라지는 봄

사각의 닫힌
공간에
아네모네가 피었다

둥근 유리 화병에
파아란 하늘이
투영되고

환영처럼
봄 그림자가 지나간다

목련은 어느 새
봉긋하게
올라왔다

마른 잎 사이로
촉촉한
대지의 입맞춤

흙 내음
가득한
생명의 산실

내마음에
오지 않는 봄

봄이 오건만
나는
봄을 보지 못했다

그 길 위로
사라지는 봄, 봄들

늦은 비

가지 끝에 물방울
눈물처럼
아롱거린다

툭
떨굴 것 같은
여린 가지 사이

가을이 가고
어느 새
하얀 지면 가득
아무 것 그리지
못하는 마음

떠나지 못하는 마음
못내
말하지 못하고
돌아서는 마음

가을 잎
끝자락
눈물처럼
빗방울이
반짝거린다

달빛

달빛 사이로
피어난
벚꽃
제 그림자 벗 삼아

긴 밤의
외로움을
달래는 길

휘어진
도로 위
별들이
이슬을 뿌리고

새벽
미명을
깨우는 발자국

누가 보았을까
달빛의 노래를

2018 정옥

나 가는 날

나 가는 날
흰눈이
내렸으면 좋겠다
나 가는 날
찬란한
초록이 물결쳤으면
좋겠다

나 가는 날
천둥소리 울리는
여름 소나기
내렸으면 좋겠다
나 가는 날
붉게 타는
낙엽이
뒹굴었으면 좋겠다

온 계절이 만나
화해의 시간을
통과했으면 좋겠다

눈물은 사절하고
기쁨으로
미소 지었으면
좋겠다

다
여물지
않았어도
꽃을 품어 줄
씨앗하나
떨구고 갔으면
좋겠다

겨울 숲

겨울 숲길
빈 가지 사이
바람이 지나고

나무 그림자
길게 드리운 오후
춤추는 내 그림자

회색의 시간이
지나가고
바람도 잠시
숨 죽일 때

그림자 밟으며
숙명처럼
외로운 시간

해그림자
대지 위를 길게
비껴 설 때

내 외로움
그대 외로움에 겹쳐
춤을 춘다

가족

한솥밥
먹고
가족이라는 이름으로
살아온 시간들이

마를 대로
마른 잎 되어
파삭이고 있을 때

그때에도
당신은
꿈처럼
다가왔습니다

내 바다에 와서
온갖 색깔을
흩뿌리고

나는
내 설움의
옷가지를 주섬주섬
담았습니다

하나
둘
삐걱대는
육체의 신음도
외면한 채
내가 걸어온 길과
내가 걸어갈 길만
보였습니다

흔들리며
살아온
서러운 시간들이

지친
어깨 위에
살포시
눈꽃 되어
내려앉습니다

2013 크리스마스로즈

아침 소곡

거친 바람으로
살아온 시간들
슬픔으로 녹아
맑은 고요로 남는다

간밤에 내린
폭우는
온 산천을 적시고

붉게 물든
산은
마음 속 깊은
서러움마저 녹여낸다

맺혀 있는
빗방울이
눈부시게 반짝이며

내 창가엔
붉은 산과 파아란 하늘이
걸리었다

빈 마음
한구석
응축된 슬픔이
녹아들고

거칠 것 없는
시간들이
순한 언어들로
색칠한다

보이지 않는 아름다움

내 눈에
보이는 것을
사랑했습니다

내 마음이
건드려지는 것을
아파했습니다

내 귀에
들리는 것을
그리워했습니다

들리지 않고
보이지 않는
그 너머
찬란한 빛을
보지 못했습니다

달빛 위에 흐르는
물빛의 고요함을
새벽이
깨어나는
푸른빛 공기의
신비로움을

바람에 춤을 추는
붉게 물든
분홍빛 하늘가를
보지 못했습니다

무심히
피고 지는
꽃들의 이야기를
듣지 못했습니다

You Ⅱ

그대가
내 이름을 불러주기를
형식에 매이지 않고
삶을 노래하기를

매일 떠오르는
태양처럼
환하게 웃어주기를

삶의 순간들이
기쁨으로 이어지기를

내민 손
꼭 잡고
거친 물살 가르며
저 들녘
저 강물을
건너길

조금은 지쳐가도
힘내어
토닥여 주기를

보이지 않는
그림자의 이면까지
이해해 주기를

눈물 흘린
순간을
기억해 주기를

푸름 한 점 기억하길

혼자 넘어야 하는 시간

하루 중에
혼자 넘어야
하는 시간이 있다

누군가에겐
새벽녘이고
누군가에겐
한낮의 오후일 게고
누군가에겐
한밤중의 시간

내가
나와
마주하는 시간
그 시간을
받아들이라

용서와 화해로
또 다른
문을 열기 위해

오늘
마주해야 하는
혼자 넘어야만 하는
이 시간

꿈꾸는 계절

나를
바라보는
나무
돌
바람들이

우주의
먼 이야기를 담아

사라져가는
시간들을
비추어줘도

나는
길을
잃어버렸다

역사 속에
물든
상흔들도
잊혀지고

무심한
얼굴들
사이로
존재의
의미마저
잊혀져
가는 시간들

흐릿해지는
꿈꾸는 계절

잠이 오지 않는 밤

갱년기일까 커피일까
숱한 생각이 꼬리를 무는 밤
불현듯 잊고 지낸 추억들이
꼬물꼬물 올라온다

희미한 그리움처럼
오지 않은 잠을 청하지 않고
숱한 생각 속에 펜을 드는 밤

대상 없는 편지를 쓰고
지나간 시간에게 인사를 건넨다
이 시간이 아니었음 까맣게 잊고 있었을 거라고
멀리 잊혀진 나에게 편지를 쓴다
지금은 행복하냐고

답 없는 글들 속에서
애써 찾으려는 그리움 속
희멀건 얼굴
빽빽한 눈만 껌벅거린다

2016 백일홍

나는 한 조각 지면을 메울 수 없어
눈물로 그렁그렁 색칠합니다

6부

지면 위에서

2011 봄꽃

침묵

오래 전에도
침묵하였고
지금도
침묵합니다

서러워서
침묵하였고
무서워서
침묵하였습니다

지금
존재가
해체되어
침묵합니다

강요된 침묵
스스로 강요한 침묵

외로운 밤

술잔을 기울이는
너의 뒷모습
세상이 치열한가요
욕망이 부풀었나요
짓이겨진
술잔에 숨어버린
뒷모습

뭐가 되라
하지마세요
어둠의 무게
숨쉴 수가 없으니까요

날이 밝아오는데
그냥
바라봐 주세요

조용히
눈짓해 주세요

그리고
안아주세요

지면 위에서

하얀 지면 위에
겁 없는 아이가
마음껏
그림을 그리며
색칠합니다

처음도 끝도
생각지 않고
하얀 지면 위를
날으는 새처럼
제 모습 그대로
날아듭니다.

각도와
색채와
형태를 만드신
당신은

오늘도
침묵 속에서
하얀 지면만
응시합니다

생각과
이상과
아픔을 아는 당신

나는
한 조각
지면을
메울 수 없어

눈물로
그렁그렁
색칠합니다

잊어버린 것들

날마다 마주하는
우주의 신비를
찬란한 빛과 어둠속
별빛의 의미를
잊어버렸습니다

매순간 호흡하며
꿈꾸는 생명

별과
바람과 태양과
푸른 하늘과 푸른 바다
심연 속
아름다움을
보지 못했습니다

순간에서
영원에 이르는
경이로움을
보지 못했습니다

2012 애기범부채
정옥

아버지

전쟁 직후
먹을 것 없어
헤매던 때

아버지는
산으로 나무를 하러 가
공비를 만나고
내려와
국군을 만나고

드민
총구를 만나고
목숨이
한 장 종이처럼
팔랑이던 때

목구멍 열린
아이들 생각에
죽음을 무릅쓰고
산을
올랐습니다

아버지는
가고 없는데
이 이야기는
오랜 전설처럼
내 귓가에
서성이고 있습니다

You Ⅲ

그대
두려워 말아요
눈을 크게 뜨고
보이지 않는 음성
따라가 보아요

당신이 쉴 곳
당신의 평화가
깃드는 곳

슬픔의 그릇
내려놓고
조금은 웃어보세요

오늘이 가고
내일이 오는 모습을
그저
가만히
바라보세요

그대
두려워 말아요
아주 잠깐뿐이니까

이 소란스러움도
금방
스러질 거예요

모든 살아있음은
모두
겨울이
찾아오니까요

그대
평안히
쉬세요

햇살의 노래

큰 슬픔 멀리하고
한줌
햇살 아래
도란도란
이야기 하고파

텅 빈
마른 가지 사이
햇살의 노래 사이로
그대 위해
노래한다

바람이 지나고
그림자도 사라지고
어둠이
스밀 때까지

삶을 노래하리
그대
슬퍼하지 말기를

013 스카비오사

You Ⅳ

침묵으로 말을 했지요
당신에게
눈빛으로 말을 했지요
들을 수 없는
당신에게
언제나
많은 의미를 말했지요

하얀 벽을 향해
파도치는 바다를 향해
쉬지 않고
말을 했습니다

그러나
당신은
아무 말도 들을 수
없었습니다

들을 수 있는
귀가 없었지요

그래서
당신은
내 맘이
돌아섬을 알지 못했지요

이별

초록이 먹빛으로
물들던 날
밤새 울던 하늘이
장대비를 뿌리고

당신을
보내는 슬픔
내 가슴을
저리게 하고
슬픔은
먹빛 강물을 이룬다

다다를 수 없는
당신에게
마지막 인사를 하고
돌아서는 길

내 맘속에도
장대비가 내려
온 밤을
하얗게 물들이고

그리움의 꽃이
밤새
피었습니다

아파트에서

회색의 공간 사이로
바람 한 점 지나가고
덜 익은 햇살이
그늘을 드리운다

겨울 무채색의 꿈들이
여기저기 흩날리며
오지 않을 것 같은
봄을 기다린다

초록은 갈잎으로 파삭이고
꿈길처럼 물든 길 위를
춤추듯 거니는 내 발자국

봄은 멀기만 한데
봄빛으로 물든
시간들을 꿈꾸며
봄을 기다린다

2015 엉겅퀴

아침 잔상

은빛 서리가
칼날 같은 새벽
작은 생명 위에도
어김없는 혹한

첫 햇살에
부서지는
아침

지친
발자국 너머에
쓰다만 글들 위에
다하지 못한
꿈들 위에

더
따스한
빛이 스며들길

은빛 벌판
붉은
태양으로 물들어가길

내일의
소망되길

발밑에
부서지는
내 발자국 소리

잡히지 않는것

내 손에
잡히지 않는 것을
잡으려
달려온 시간들이
바람결에
흘러가고

돌 틈 사이
여울은
소리를 내며
내 마음에
더 큰
여울을 만들었습니다

잡히지 않는
모든 것을
바라볼 수
있기를

나를
스치고 간
색채들이
내가
아님을
지나가는 바람일 뿐임을
알았습니다

지고한 사랑은
내 안으로부터
샘솟아
내 공간을
적시고
당신에게
이른다는 것을
몰랐습니다

늘
내 안에
슬픔만 바라볼 뿐
당신
보지 못했습니다

파도 끝에
부서지는
포말의 이야기를
바람 끝에
묻어나는
향기를
보지 못했습니다

다다를 수 없는
당신은
내안에
꽃을 피웠습니다

작품해설

삶의 진솔한 느낌과 철학을 그리는 시인 최정옥

민용태
(스페인왕립한림원 위원 · 고려대 명예 교수)

스페인 속담에 행복한 사람을 말하는 세 가지 조건이 있다. 자식 하나, 무 하나, 책 하나. 너무 간단한 것 같다. 그러나 행복이라는 것이 '산다는 것'일진데 어려울 것도 없다. 화가인 최정옥 시인은 이미 예술과 인생의 깊은 의미를 음미하고 있다.

산다는 것은
지금 이 순간
내 마음 속에
풀 한 포기 심는 일이다

내 풍경 속에서
바람이 불고

폭우가 몰아치고
잔가지가 꺾이어가며
어여쁜 꽃 한 송이
피워내는 일이다

한낮의 뜨거운
태양을 묵묵히 견디어
견고한 역사를 기록한
씨앗을
만들어내는 일이다

매서운 눈보라
심장이 멎을 듯하여도
그 안에 오롯이
생명의 찬연함을
기록하는 일

꽃밭에 꽃 하나 심기, 마음에 풀 한 포기 심기가 어려운 일은 아니다. 그러나 인생에 풀 한 포기 나무 한 그루 심지 않은 사람이 너무 많다. 너무 바빠서, 돈이 없어서, 그런 거 생각할 겨를이 없어서… 이유야 그럴듯한 거 같지만 그렇지 않다. 그것은 한 번 받은 자기 삶을 한 번도 깊이 맛

보지 않고 사랑하지 않고 살았다는 것이기 때문이다.

마음속에 풀 한 포기 기른다. 세상 풍파 속에서도 거기 꽃 한 송이 피운다. 또 꽃이 피고 죽어 씨앗을 만든다. 그것을 지켜본다. 그것이 화가이다. 그것이 시인이다. "그 안에 오롯이/ 생명의 찬연함을/ 기록하는 일"이 곧 예술일 수 있다. 시인이나 화가가 된다는 것이 대단한 일이라는 소리는 아니다. 다만 자기의 삶을 충실하게 사랑하고 살았다는 점에서 행복한 삶을 영위하는 지혜를 실천한 사람이라고 할 수 있다.

나이 들면 "삶"의 의미가 손에 잡힌다.

삶이 벽으로 다가올 때
벽인 줄 알면서
밀어봅니다

밀다보면 문이 열리고
문 너머에
오솔길도 보입니다

삶이 차가운
바람으로 몰아칠 때
온몸으로 바람을 맞으면

내가 바람이 되고
바람이
내가 되어 버립니다

어느새
바람은 가고

난 새벽처럼
맑은 고요 속에
당신과
마주하고 있습니다

살다보면 숨이 콱 막힐 정도로 앞길이 막막할 때가 있다. 그럴 때 앞에 "벽"이 가로막는 것이 보인다. 불가능한 줄 알면서 "벽"을 밀어본다. 살다보면 "문이 열리고/ 문 너머에 오솔길도 보인다."

최정옥 시인은 때때로 참 지혜롭다. "차가운 바람이 몰아칠 때, 온몸으로 바람을 막으면/ 내가 바람이 되고/ 바람이/ 내가 되어 버립니다"라고 말한다. 그렇게 살다 보면, "어느새/ 바람은 가고/ 난 새벽처럼/ 맑은 고요 속에/ 당신과/ 마주하고 있습니다"라고 말한다. 기독교의 묵념

이기도 하고 불교의 명상이기도 하다. 한용운님은 "님"만 님이 아니라 사랑하는 것은 모두 님이고 "당신"이다. 라고 한다.

최시인은 늘 백지와 화지를 대한다. 화가이며 시인이기 때문이다. 그럴 때 오는 느낌.

하얀 지면 위에
겁 없는 아이가
마음껏
그림을 그리며
색칠합니다

처음도 끝도
생각지 않고
하얀 지면 위를
날으는 새처럼
제 모습 그대로
날아듭니다.

각도와
색채와
형태를 만드신

당신은

오늘도
침묵 속에서
하얀 지면만
응시합니다

생각과
이상과
아픔을 아는 당신

나는
한 조각
지면을
메울 수 없어

눈물로
그렁그렁
색칠합니다

워드워즈는 '어린애는 어른의 아버지'라고 했다. 시인이나 예술가는 어린애이다. 종교인 또한 어린애이다. '어린애가 아니면 나의 궁전에 들어올 수 없다'고 한 예수의 말. 그런 "아이"가 화폭에서 뛰논다. 그 "아이"는 "새"와 똑같다. 그래서 시인은 말한다. "하얀 지면 위를/ 날으는 새처럼/ 제 모습 그대로/ 날아듭니다." 참 기발하고 좋은 시 표현이다.

그때 당신이 나타난다. "생각과/ 이상과/ 아픔을 아는 당신" 김영랑의 "내 마음 내 같이 아실 이" 같은 "당신"이다. 그 고운 눈길과 "침묵"을 차마 마주할 수 없어, "눈물로/ 그렁그렁/ 색칠합니다"라고 고백한다. 나는 이미 어린애가 아니다. 나는 옛날처럼 예쁘지도 않다. 나는 너무 많은 삶의 고통의 주름이 많다…. "눈물"이 많을 수밖에 없는 이유이다.

그래도 "당신"이 있는 것이 내 삶의 유일한 위안.

오늘도
나의 정원에
비가 내리고
눈보라
침묵이 흘러도
눈부시게 빛나는 햇살과
당신의 무지개
당신의 사랑이

서 있습니다.

'당신의 사랑' 덕택에 내 시에는 사랑이 숨쉰다. 그러나 늘 바쁜 생활의 일정이 시간의 횡포, 늙어감이 시와 사랑을 가로막는다.

시간의 무게도
사라지고
상징의 폭대도
사라지고

가볍고
빠르게 흘러가는
시간 속에서
그대의 얼굴
나의 얼굴
마주할
시간이 없다

그래서 유일한 위안은 시 쓰기… 꼭 훌륭한 시를 써야 좋은 것은 아니다. 진솔하게 자기의 삶과 느낌과 사랑을 표현하면 된다. 그리고 안 되면 '때때로' 쓰고 지우는 기뻠도 준단다.

한 자루의 연필이
얼마나 고마운지
백지의 외로움을
그는 안다

여백의 자유로움을
그는 안다

쓸 수 있다는 것은
지울 수 있다는 것

지울 수 있다는 것은
마음을 내려놓을 수 있다는 것

"가족"이라는 시에서는 집안의 위기에 꿈처럼 찾아온 "당신"의 은혜로운 모습이 그려져 있다. 그의 덕택에,

내 바다에 와서
온갖 색깔을
흩뿌리고

나는
내 설움의
옷가지를 주섬주섬
담았습니다

하나
둘

삐걱대는
육체의 신음도
외면한 채
내가 걸어온 길과
내가 걸어갈 길만
보였습니다

흔들리며
살아온
서러운 시간들이

지친
어깨 위에
살포시

눈꽃 되어
내려앉습니다

중년이 되어 "삐걱거림/ 홀로 넘는/ 고즈넉한 시간"을 맞는다. 그 외로움과 슬픔, "눈물"의 이미지는 너무도 아름답다. 아픔에 빠지지 않고 그 슬픔을 객관화시키는 시인의 자세 또한 곱다. 그리고 그 "애달픈 마음… 햇볕에 너는" 여자의 초연한 눈길이 시리도록 사람의 마음을 흔든다.

어머니를 보내고
더는
남아 있을 것 같지 않는
눈물이 남아
내 삶의 언저리를
맴돌아

마를 길 없는
애달픈 마음
한 자락
떼어다가
저만치
햇볕에 넌다

최정옥 시인은 아무리 봐도 사랑의 시인이다. 평범한 듯 하면서 마음에 와 닿는 사랑의 철학을 들어보자.

사랑한다는 것은
나를 보기보다는
너를 바라보는 것

사랑한다는 것은
내 기쁨보다
너의 기쁨에 더 기뻐하는 것

사랑한다는 것은
네가 있기에
내가 의미가 되는 것

김춘수의 "꽃의 서시"에서부터 사랑은 너의 의미, 나의 의미를 일깨워 주었다. 사랑한다는 것은 "나를 보기보다는/ 너를 바라보는 것", 나보다는 네가 보이는 것이 참 앎의 시작이다.

그러나 6·25를 겪은 오늘이 어른들에게는 최 시인의 "아버지"가 크게 가슴을 흔든다. 밤에는 빨치산(밤손님)이 설치고 낮에는 우리 전투경찰이 쳐들어오던 무서운 시절

이었다, 우리 남도는 그때 빨갱이 쪽이었나? 우리 경찰을 "개새끼"라고 부르고 빨치산을 "밤손님"이라고 불렀으니까. 어떻든 빨치산은 "반동"이면 일가족을 몰살시키는 잔인한 행적을 남겼다. 그 시절 최 시인의 아버지.

아버지는
산으로 나무를 하러 가
공비를 만나고
내려와
국군을 만나고

드민
총구를 만나고
목숨이
한 장 종이처럼
팔랑이던 때

목구멍 열린
아이들 생각에
죽음을 무릅쓰고

산을

올랐습니다

아버지는
가고 없는데
그 이야기는
오랜 전설처럼
내 귓가에
서성이고 있습니다

참으로 "목숨이/ 한 장 종이처럼/ 팔랑이던 때"였다. 나무하러 산에 갔다가 공비 만나고 내려오면 빨갱이라고 "콩알" 맥이던 무서운 시절…. 그보다 빨갱이들은 "개새끼" 만났다면 그 자리에서 총살이었다. 그것이 "전설"되었으니까 망정이지…

그 무서운 상황에서도 "목구멍 열린/ 아이들 생각에/ 죽음을 무릅쓰고/ 산을 올랐던" 아버지는 진짜 영웅이었다.

최정옥 시인은 "나 가는 날"이라는 시를 쓴다. 눈 내리는 날 멀리 떠나고 싶은 소망 하나.

나 가는 날
흰 눈이
내렸으면 좋겠다

나 가는 날
찬란한
초록이 물결쳤으면
좋겠다

나 가는 날
천둥소리 울리는
여름 소나기
내렸으면 좋겠다
나 가는 날
붉게 타는
낙엽이
뒹굴었으면 좋겠다

온 계절이 만나
화해의 시간을
통과했으면 좋겠다

눈물은 사절하고
기쁨으로
미소 지었으면
좋겠다

다
여물지
않았어도
꽃을
품어줄 씨앗 하나
떨구고 갔으면

꽃씨나 "씨앗"에 대한 소망이 최 시인에게는 많다. 불교에서는 깨닫지 못한 중생을 꽃씨에 비교한다. 깨달으면 꽃이 피니까. 그러나 기독교에서는 흔히 꽃 피어 사랑을 베풀 아름다운 믿음을 말한다. 그래서 "꽃을/ 품어줄 씨앗 하나/ 떨구고 갔으면"이라고 말한다.

최 시인은 자기가 가고 난 뒤에 4계가 화해와 아름다움으로 충만해지길 바란다. "흰눈이 내리는 날(겨울)", "천둥소리 울리는/ 여름 소나기", "붉게 타는 낙엽(가을)" …그리고 "온 계절이 만나/ 화해의 시간"을 갖기를 기원한다.

최정옥 시인은 산다는 것의 실존적 고독에 민감하게 반응한다. 그래서 "겨울 산길"을 좋아한다.

무심한 마음으로
오른
겨울산 비탈에

호젓이
나무 그림자들이
외로움을 달래고 있다

내 안에
외로움도
하나, 둘
등불이 켜지고
언어의 파편들이
내 마음을 찔렀다

하늘빛
고운 놀이
어깨를 감싸고

겨울 산에 오르면 외로운 것이 나만 아니라는 것을 안다. 나무 그림자도 외롭고 산도 하얗게 외롭고…. 그래서 모든 우리는 외로움의 동무들. 이럴 때 "내 안에/ 외로움도/하나, 둘/ 등불이 켜지고" 가 좋다. 비록 시를 쓰다 보면 "언어 파편들이" 찔러도, "하늘빛/ 고운 놀이/ 어깨를 감싸고" 위로한다.

그러나 세상은 늘 스펙을 원하고 "삶의 증명"을 내놓으

라고 한다. 시인은 답한다.

그러나
삶은
매순간 어울려지는
씨실과 날실 같은 것

여기저기
얼룩이 지고
낡고
삭아 무너져
내릴 것만 같은걸

그럼에도
멈추지 않고 짜나가는
베틀의 천과 같은걸

도처에
죽음이 웅크리고
끝없이
생명이 탄생되는 걸

삶을
어떻게
증명해 보이라는 것인가

여기

이곳에
삶과 죽음이
한 페이지 위에
눕고 자라는 걸

최 시인은 전공인 수채화를 그리듯 살아있는 물기 어린 삶을 보여준다. 증명은 무슨 증명? "삶은/ 매순간 어울려지는/ 씨실과 날실 같은 걸." 그 베틀을 짜나가는 나더러 따로 무슨 산다는 것의 의미를 증명해 보이라는 걸까?

아! 마지막 연은 참으로 잘 쓴 절구(絕句)이다. 불교적인 타타타, 혹은 "여기 이곳"은 의미 아닌 의미가 얼룩지고 있기 때문이다. 과거나 미래, 꿈은 만질 수 없다. 모두 허상이다. 오직 여기 현재는 영원하다. "삶과 죽음"이 지금 여기 "한 페이지"에 있다, 죽고 사는 것, "눕고 자라는 것"이 여기에 있다. "여기 이곳에."

중요한 것은 이런 깊은 상징적 의미를 이미지로 그리고

있다는 점이다. “여기, 한 페이지”라는 구체적 화폭, 혹은 시 쓰는 한 장의 종이가 보인다. 그 위에 “삶과 죽음”이라는 추상이 “눕고 자란다.” 즉 함께 할 수 없는 추상적 언어와 구상적 동사가 한데 어울려 만드는 현묘한 시표현의 묘미! 이런 시가 최정옥 시인의 시인으로서의 생각의 깊이와 시 표현이 상당한 경지에 와 있음을 보여주는 좋은 예이다.

최정옥 시화집

그때 그날들에게

초판 인쇄 2020년 11월 06일
초판 발행 2020년 11월 20일

지은이 최정옥
펴낸이 朴明淳
펴낸곳 문학시티

주 소 100-015 서울시 중구 창경궁로 1가 29 (3F)
전 화 02-2272-2549
이메일 munhakmedia@hanmail.net
제작공급처 정은출판

ISBN 978-89-91733-69-5 (03810)
값 15,000원